KB242041

스퐁나무는 사랑을 했네

스퐁나무는 사랑을 했네

스퐁나무는 사랑을 했네

글쓴이 / 황미라
펴낸이 / 孫貞順
펴낸곳 / 모아드림

1판 1쇄 / 2011년 3월 12일

서울 서대문구 북아현3동 1-1278
전화 / 365-8111~2
팩시밀리 / 365-8110
E-mail / morebook@morebook.co.kr
http://www.morebook.co.kr
등록번호 / 제2-2264호(1996.10.24)

* 잘못된 책은 구입하신 서점에서 바꾸어 드립니다.
* 지은이와의 협의하에 인지를 붙이지 않습니다.

값 7,000원

모아드림 기획시선 131

스퐁나무는 사랑을 했네

황미라 시집

스퐁나무는 사랑을 했네

모아드림

‘두꺼비집’에서 나와 17년이나 빈둥거렸다.
게으름에 나도 질린다.
하지만, 이 세월이 나를 아주 망쳐놓지는 않았다.
삶의 구체성이 또 다른 시선을 열어놓았으니까.

“지친 어깨로 조용히 걸어가는 사람이나, 악을 쓰며
싸우는 사람이나
　성인이나, 죄인이나
　차도르를 두른 여자나 거리의 여자나
　돌멩이나, 보석이나……
　만물이 다 경전이고 시라는 생각.

　너무 오래 시를 쓰지 못했습니다.
　제가 다시 시를 쓴다면, 그건 그냥 써지기 때문이길
바랍니다.
　무슨 ‘작업’이 아니라, 바람이 불고 비가 내리듯

그리하여 생성하고 소멸하는 자연의 이치처럼 말입
니다.
　형상화된 그것이 말라가는 잎사귀라도, 굴러다니는
개똥이라도 좋겠습니다."
　　　　　─ 산문 「한 녀석이 있었습니다」에서

이뿐이다.

　　　　　　　　　　　　2011년 봄
　　　　　　　　　　　　황미라

차 례

시인의 말

제1부

1부

세상의 손

거미줄을 따라 가면
그 끝에서 만나는 것이 있다
처마 밑이나 나뭇가지, 하다못해 썩은 지푸라기라도
거미줄은 부여잡고 있는 것이다
거미줄의 처음과 끝이 닿아 있는
거미줄보다 절대 먼저 놓아버리지 않는
힘겨울 땐 언제나 잡아보라고
이 세상 손이 사방 뻗어 있는 것이다

섬 너머, 섬

땅끝, 에 와서
땅끝, 이란 말을 버린다

돌아보면
눈앞이 캄캄해 도무지 한 발짝도 내디딜 수 없을 때마
다, 해남의 배처럼 통통거리며 조용히 삶을 실어 나르는
것이 있었다
어떻게든 살아만 있으면
절망의 바다 저 편에서 다시 한 번 맨살을 비벼보라며
낮은 언덕을 들이대는 섬들이 있었다

졸지에 집을 잃거나 거리에 나앉더라도
두 발이 닿아 있는 한
땅도 사람의 온기에 움직이는가
그래서 저만큼 앞서가 손바닥 펼쳐 어린아이 받아주
듯 막막한 세상에 둥근 섬을 내미는가
서러운 목숨을 품어주는가

지붕이 있는 집에서 밥을 먹고 잠을 자며 살아간다는
거
그게 가끔은 꿈결 같아
사람들은 문패를 달고 등기권리증을 서랍 깊숙이 넣
어두나 보다

이제는 모든 게 끝났다고 더는 갈 곳이 없다고
푹푹 내리쉬던 한숨, 어지러운 내륙에서 밀던 한계,
지도를 짚어가며 그리움을 내리던
땅끝, 에 와서
땅끝, 이란 말을 버린다

무엇보다 깊은 땅
작은 섬 너머에 섬이 있고 그 섬 너머에 또 섬이 있다
섬 너머 섬, 섬 너머 대륙이 있다
표도 없이 배에 오른다 나는, 살아 있는 것이다

이면지에 쓰다

뒤집혀 본 사람은 안다
우리에게 이면이 있다는 것을
거짓말처럼 누군가 하루아침 엎어버려도
가만히 들여다보면 여기 또한 이승이라는 것을

바람에 쓸려온 낙엽들이 몸을 돌돌 말고 노숙을 한다
몇 번은 뒤집히며 굴러왔을 저들에게 더 이상 이면이
란 없는 걸까?
서울역 지하도에 이불을 깔고 종이상자를 두른
어느 가족이 티브이를 꺼도 자꾸 허공에 재생된다

생각난다
연필로 쓴 위에 다시 빨간 색연필로 덧쓰던 누우런 갱
지
영희야철수야나하고놀자 우리들 유년의 땅

생매장 당한 건

내가 아니라 어제까지의 시간이니라

누구처럼 소풍 나온 길은 아니어도 영희랑 철수랑 놀
지는 못해도
세상으로 한 번 걸어 나와 보라고
바탕보다 진하게 덧쓰면 된다, 고
그 가족에게 오래된 마법의 갱지를 내밀고 싶다

받쳐주는 어제가 없다면 오늘은 어떻게 떠오르나
봉분 없는 무덤, 생의 이면에 나를 쓴다

내려가는 산길

문배마을에서 만난 굴참나무 한 그루
울퉁불퉁 근육질 사내 같아 손으로 쿡 찌르니 맥없이
껍질이 부서진다
이런 허깨비,
가만히 들여다보니 우람한 둥치가 다 쩍쩍 갈라진 슬
픔의 골짜기다 마른 눈물 자국이다
육이오 난리도 모르고 살았다는 오지 문배마을 깊이
를 굴참나무도 닮은 걸까
내려가는 이 산길도 의심스러운데
문배마을에서 내려온 것 같기도 하고 굴참나무에서
흘러내린 것 같기도 한

오래된 상처가 길을 내고 사람을 들인다

다시, 고등어를 굽다

고등어를 굽는다 오랫동안 식탁에 올리지 않던 비린
내를 마음놓고 풍긴다
노릇노릇 하루가 간다
껍질이 타들어간 고등어,

　이모 장례식에서 돌아와 눈을 털었다
　이모는 뇌출혈로 팔 년을 누워지냈다
　탁탁 털어내도 더 이상 이모 냄새는 나지 않았다

짭짤한 슬픔이 한 술 저녁 위에 얹힌다

누군가 노을을 지펴 하늘을 굽, 는, 다,
까맣게 태운다
어둠의 껍질을 벗겨내면 비리디비린 아침이 환히 밝
아 올 것이다

뼈를 발린 고등어 한 마리가 눈부시다

눈사람

눈사람 하나 서 있습니다
홀로 눈을 맞고 있네요
함박눈입니다
이 차고 시린 눈송이들이 둥글게 뭉쳐지면 사람이 되
는군요
나는 호호 입김을 불며 눈을 뭉칩니다
마음이 흩어질 새라 데굴데굴 굴립니다
사람 모양을 갖추려면 안팎으로 단단해져야지요
추울수록 녹아버릴 염려 없건만
아무래도 어려울 것 같습니다
두 손을 자꾸 주머니에 찌르고 싶으니 말입니다
사람 노릇하기 쉬운 줄 아냐, 고 저 편에서 눈사람이
빙긋이 웃는군요
그래도 애쓰고 있는 내게 손가락질은 하지 않습니다
요
마흔여섯 해를 굴렸는데도 아직 형체도 못 갖추었으
니 정말 딱한 노릇 아닙니까

실은 아직도 가슴 시리게 굴려가는 이것이 생이라고
믿기 어렵거든요
　모르긴 해도 저 눈사람도 따뜻한 햇살이 그리울 거라
고 생각하다, 그만 미안해졌습니다
　그것은 곧 죽음일 테니까요
　어깨에 내린 눈을 탁탁 털고 있을 때
　차가운 눈송이 송이로 뼈와 살을 빚어 동안거에 든
　눈사람,을 만난 것만으로도 이 겨울이 내게 축복입니다

내 구두 소리가 내 귀에 너무 크다

이상하다
갑자기 내 구두 소리가 내 귀에 너무 크다
자동차 소리, 오토바이 소리, 사람들 소리,
온갖 소리들을 죽이며 나를 쫓아온다
사방을 둘러봐도 듣는 이 없는데, 제 갈 길만 바쁜데
나 혼자 흠칫 놀란다
똑, 똑, 똑,

— 나는 네가 아니야, 나를 버려줘, 떠나고 싶다고,

악착같이 따라붙으며 일깨우는 소리
한때의 편안함이 느닷없이 나를 조여온다

나란히 세상을 걸어간다는 거
기적 같다

삐걱이는 사랑이여,

가거라,
애틋하게 수선한들 얼마나 더 견디겠느냐
나의 안식이었던 구두를 벗어던지고 맨발로 걸어가
는데
한결 가볍다, 하는 순간
무엇에 찔렸는지 발가락 사이 붉은 꽃이 핀다
환한 상처, 핑그르르 눈물은 돌고

피뢰침

누구나 피뢰침 하나 꽂고 산다
사람과 사람 사이
전율해 오는 감성의 촉수를 세우고
갈등의 푸른 불꽃과 벼락 같은 말들을 받아내고 있다
쩡쩡 갈라지고 푸욱 꺼지는 가슴으로 그렇군요 하하
웃고 떠든다 노래방도 간다
가끔 입에서 단내가 나는 것도 새카맣게 타버린 속내
때문이다

사소한 바람이 불고
하느님도 모를 스마트한 마른번개 내리친다
절망에 녹슨 아날로그 꼬챙이로
조용히 세상을 받아들이는 사람들 눈시울이 붉다

봄꿈

이 땅을 파릇파릇 점령하는 봄의 군단, 소문의 아지랑이 연막을 피우며 풀잎들이 포복한다 북으로 북으로 오른다 패잔의 겨울, 뭉쳐도 물이 되는 잔설은 땅 속으로 잦아들고 총성도 피도 없는 조용한 진군, 오랫동안 실어증을 앓는 마른 숲을 향하여 봄의 병정들은 조준한다 얼마나 그리웠던가, 부어오른 목젖을 젖히며 아, 아, 생명의 푸른 말이 터, 지, 고, 피맺힌 마디마디 진달래 목련으로 온 천지 환히 지, 피, 는, 너무도 찬란하게 무너지는 봄의 대사변

이 땅은 다 그리움이지

새들이 높이 솟구쳐도 사라지지 못하고 숲에 깃들거
나 지붕 위에 앉는 걸 보면 세상 어딘가에 꽁지를 내리
고 싶은 거야
사방 열려 있지만 가 닿을 수 없는 허공에서의 선회,
환히 보이는 높이에서 피로가 뼛속까지 스미면
이 땅은 다 그리움인 거야
목구멍으로 삼킨 모래알들이 먹이를 잘게 부술 때마
다 새들은 기억하지, 두 발에 닿던 대지의 온기를
겁 없이 솟구치다 공중분해 될까봐, 날아다니는 즈들
만 죽어서 한 줌 흙으로 돌아가지 못할까봐, 모래주머니
를 몸속에 달고 다니는 거지
따뜻한 사람의 집에 등불이 켜지고 짐승들이 고물고
물 새끼를 품는
저녁이면, 날개를 부러뜨리고 뱀처럼 기어서라도 피
묻은 알을 까고 싶은 거야
새들을 누가 자유라 부르나, 슬픔이 차오른 아랫배를
끌어안고 제자리 찾아 온 힘으로 푸득이지만

날개는 자랑인 줄 알고 새들을 하늘로, 하늘로, 띄우
기만 하네

태백산 주목

속이 텅 빈 채 마른 껍질만 남아 있는
수액이라곤 한 방울도 남아 있을 것 같지 않은
저 나무, 가지 끝 이파리만은 짙푸르다

하나의 존재가 깡그리 소진될 때까지 혼신의 힘으로
피워 올려야 할
이승의 부채라도 있는 걸까

거짓말처럼 환한 결과물, 영혼이 건져 올린 이파리

갑자기 어깻죽지에 통증이 온다
혹 피워내지 못한 싹은 아닌지… 어깨에 손을 얹는 나
를, 나무줄기를 파먹던 바람이 힐끗 돌아본다

제주에 가면 알겠네

제주에 가면 가벼운 것이 있지
누구에게나 만만한 돌멩이가 있지
화산재가 식어버린 현무암
푸석푸석한 그것이
이 집 저 집 마당 가려주고 텃밭, 무덤,
제주를 다 두르고 있어도
허풍스레 무게 잡지 않는데
모난 구석 다듬느라 억지 부르지 않는데
울퉁불퉁 생긴 대로 엉성한 담쌓기
돌과 돌 틈새로 소문난 제주바람 숭숭 길 터주며
맞붙지 않누나
맞붙지 않으면서 바람을 이기누나
무언가 견딘다는 건
허점 보일까 안간힘 쓰는 게 아니라는 걸
제주에 가면 알겠네

2부

들꽃

돌무덤 사이 가늘고 하얀 것이 고개를 갸우뚱한다

　마른 풀과 죽은 나뭇가지들이 널려 있는 늦가을 들판,
벌레에게 뜯겼는지 허리가 상하고 손바닥 같은 이파리
도 몇 군데 찢겨졌으나 얼굴만은 환하다

　한때는 뱀도 지나갔으리라 바람이 불면 부는 대로 찬
비 내리면 내리는 대로 사는 게 고행이었을 들꽃, 정원
이나 아파트 베란다에서 아무리 똑같은 이파리를 내밀
고 꽃을 피워도
　들판을 떠난 것은 이미 들꽃이 아니다

　흔드는 이 없는데 꽃잎 하나 뚝, 떨어진다 다른 꽃잎
들도 금세 떨어질 것 같다 그래도 이 빠진 아이처럼 배
시시 웃는 작은 구도자

봄눈

삼월의 눈보라가 사방 눈꽃을 피운다
이러다 말겠지, 핸들을 꺾어
인제 용대리에 드니 대설주의보

어디가 어딘지 가리키는 손끝에 마을이 설고
　막 끝난 황태축제 현수막 아래 이마에 눈을 얹고 여태
몸을 말리는 덕장만 거뭇거뭇하다

　— 사람의 마음이 봄눈 같더라
의심하며
　소복이 쌓일 순결한 정분이 여직 남아있을까, 미시령
오르다 흘끔 돌아보는 내게
　지나온 길 꿈인 듯 생시인 듯 아득한데

경칩 하루 전, 누군가 연서를 쓰나보다
눈발이 긋는 천지가 눈부시다

공터

늙어도 생생한 마음의 자궁 깊이 씨앗이 다른 풋것들
을 저지르고도 누구한테 손가락질 받지 않는
우리 동네 할머니
끄응,
파…… 쑥갓…… 상추를 생산하시는데

천만 년 상상임신만한 달이 날 밝은 줄 모르고 고꾸라
질 듯 내려다본다

감쪽 같은

이를 뽑았다
핏물 고인 잇몸에 혀끝이 자꾸 가 닿는다

세상은 쇠심줄만큼이나 질겨서 튼튼한 나를 심어야
한다는데
의사가 권하는 나는 빛나는 가짜다

입을 벌려 거울을 본다
일찍이 내 행세를 하고 있는 몇몇의 하얀 도자기 이빨
조차
이거던가 저거던가 헷갈린다

참과 거짓이 서로 받아치며 능청스레 오물오물 씹어
돌리는
오늘, 뻔히 알면서 혹은 정말 모르기도 하면서
뒤늦은 통증을 앓는다

길

우연히 비구니와 마주쳤다

하얗게 밀어버린 머리가 햇살에 눈부시다

머리칼이 이렇게 힘센 줄 몰랐다

세상이 몽땅 내 머리카락 끝에 매달려 있다

빡빡머리, 나비처럼 참 가볍겠다 싶은데

바랑 하나 짊어지고 산문으로 들어가는

그녀의 발밑에도 진득진득 달라붙는 것이 있다

중력이 부리는 저 인연, 꾹 꾹 발자국 깊다

흔적

곤죽이 되어야 남을 받아들이는구나
마른땅 먼지 폴폴 피우며 도도하게 밀어낼 때 더운 목
숨 알뜰히 거둔 중생대 진흙땅
화인처럼 발자국 선명하다

누군가의 발 아래 속절없이 문드러지는 치욕을 바닥
은 무슨 힘으로 견디나

진창길을 걸어야 했던 놈들도 피붙이를 이끌고 먹이
를 구하는 중이었는지 모른다 아니면, 뭔가에 필사적으
로 쫓기고 있었던 건 아닐까

천천히 혹은 빠르게 저를 밟고 지나간 것들을 따, 뜻,
이, 품고 억만 년 비바람에 그대로 돌이 된
피눈물 고였던 상처마다 공룡이며 익룡, 물갈퀴
새…… 선사의 이름을 불러온다

　　서로를 온전히 살려놓은 진흙땅과 짐승들, 해남 우항
리에서 문득 사람이 그립다

바람을 그려줘!

바람을 그려줘!
라고, 김창균 시인의 어린 딸이 떼를 쓰더래요
시인 아빠보다 더 시인 같은 딸아이를
두 눈 속에 넣고 다녀서 그런지
김창균 시인의 눈이 더 깊어 보이더라구요
언젠가 딸을 등에 업고 서점 가는 김창균 시인을 만났
는데
아이를 내려놓고 꾸벅 인사를 하게 마주친 것이,
고 따뜻한 모습 흐트러뜨린 게 너무 미안하다 생각하
는
순간, 길에 오뚝 서 있는 어린 아이와
뒷머리를 긁적이며 서 있는 시인 아빠 사이로
생의 행간이 눈부시게 놓이는 걸 봤어요

바람을 그려줘!
라고, 김창균 시인의 어린 딸이 떼를 쓰더래요
바람보다 더 바람 같은 그 말이 사람들 속으로 쏴쏴

불었나 봐요
　모두들 조금씩 흔들렸거든요
　나도 흔들리다 그만, 물결 사이로 잦아들고 말았어요

　바람을 그려줄게
　라고, 내가 말하면 김창균 시인의 어린 딸이 울음을
그칠까요
　이 세상 도화지에
　꽃잎을 후두둑 떨어뜨리고, 물보라 흙먼지 뽀얗게 일
으키고
　구름도 지붕 위로 어둡게 내려놓고 풀포기와 나무들
뿌리째 뽑아 놓고
　사람들도 집들도 위태롭게, 무엇보다
　제 아빠 김창균 시인도 꺾어질 듯 기울여놓으면 환하
게 웃을까요
　기우는 모든 것들 사이사이 숨어 있는, 힘센 운명의
　바람을 그려줄게, 라고 내가 말하면 어리디어린 김창

균 시인의 딸이
　바람을 그려줘!
　라고, 또 떼를 쓸까요

저 밤나무 흔들리고

누군가 장대를 들고 숫자놀음을 한다
복리로 탈탈 털어가고도 더 내놔라 밤나무를 힘껏 내
리치는 가을 한낮

우우 누구는 목을 맺다 누구는 약을 먹었다 푸른 난간
을 넘어 툭, 툭,
밤송이들 투신하는 하늘 끝에 피 묻은 소문만 낭자
하다

붕어빵

이걸 꿈이라 해도 좋을까
분분한 날들이 통념으로 반죽되는 순간, 노천 비닐막
이 포플러나무처럼 흔들렸다
강물냄새가 올라오는 오후
오로지 붕어가 되기 위해 서슬 푸른 불꽃을 견뎌야
하는

시작부터 뜨겁다
머리에서 꼬리까지 딱 고만큼의 근육을 키우며
철커덕철커덕 무쇠 틀이 뒤집힐 때마다
가슴으로 팥알처럼 피가 뭉치고 살 깊이 새겨졌을 저
무늬

교복을 입은 한 무리의 아이들이 몰려온다

피가 식기 전에 강가에 닿고 싶은
닮은꼴들, 어떻게 헤엄치나 마른 땅 노려보며 일렬종

대로 뼈 없는 몸을 바삭하니 세운다

붕어빵 주세요! 우리가 부르는 이름은 상처다

가족

그랬었다
그냥 모래에 주저앉아 바다만 바라봤다 갈매기들 꺽
꺽 울어댔고
파도만 철썩였을 뿐, 밀려왔던 바닷물이 쓰윽 빠질 때
작은 바위에 달라붙은 조개들만 얼핏 보였을 뿐
다시 밀려온 파도가 바위를 깰 듯 내리치고 수없이 내
리쳐도
다닥다닥 머리를 맞대고 살 궁리를 하는
손바닥만한 터만 있어도 악착같이 새끼를 치고 일가
를 이루는
새카만 조개들의 검은 등만 번쩍 빛났을 뿐

그리고
바람이 조금 불었을까
그 바람에 밀리는 척, 내 온기와 머리카락이 아직 남
아 있을

집으로 가야겠다고
나 슬그머니 일어났던 거 같다

아버지의 집

아버지가 목수였으면 좋겠다고 생각한 적이 있다
무슨 일을 하셨든 아버지를 두고 이런 생각을 하는 게
죄송하나
― 우리 아버지는 목수였습니다
라는 말을 나도 하고 싶었다
귀에 연필을 꽂고
나무를 자르고 못질을 하는 모습도 모습이지만
무엇보다 사람이 깃드는 집을 짓는다는 것이 좋아 보
여서다
영혼의 터를 잡아
주춧돌을 고이고 손수 다듬은 기둥을 세우고 높은 사
다리를 타고 지붕을 얹은
오래도록 나무 냄새가 나는 집
고 구들에 누워
― 우리 아버지가 지은 집이야
하면, 등보다 가슴이 먼저 따뜻해져 올 것 같았다

그러나, 생각해 보니
아버지는 목수였던 게 틀림없다
살림집은 짓지 못했지만 가족이란 이름의 둥근 집을
지으셨다
기둥이 된 어머니와 가난과 외로움
자식들이 무심코 던진 말 한 마디가 단단한 못이 되어
아버지 마음 깊이 들어앉은 평수도 등기도 없는
보이지 않는 집

무지개였다 어둠이었다 새털이었다
돌덩이었다 봄이파리였다 빗줄기였다 햇살이었다
사막이었던,
생의 숲에서 자란 둥치 굵은 슬픔으로 서까래를 올린
아버지 마음의 집 한 채

아버지는 목수였다

밥 먹었니?

고작 수화기 속에서 들려오는 말
— 밥 먹었니?
달이 가고 해가 가도 바뀌지 않는
그 말 한마디

새털처럼 가벼우면서 무게를 지니고
더없이 잔잔하면서 순간 파문인
— 밥 먹었니?

먹었다고 대답해도
먹긴 무얼 먹었겠냐 끼니 거르지 말고 꼭 챙겨 먹어라
그렇게 똑같은 당부를, 그렇게 오래,

환한 햇살이기도
젖어오는 빗물이기도 한
그 말,

다른 것 하나 묻지 않으면서
사는 일을 다 물어오는

3부

걸어가는 진실

풍선처럼 부풀어 올라 터지기 직전의 대동맥
의사가 혈관 속에 밀어 넣은 건 작은 금속망이다
뜨거운 몸의 중심을 차가운 쇠붙이가 받쳐주자
피돌기를 하며 살아난 아버지
서로의 생각이 다르다고 피터지게 싸우는
세상 속으로 걸어가신다
생경한 이물질이 한 몸이다, 가슴을 짚어보고 또 짚어
보며

그 사람보다 쓸쓸한 술 냄새

만취한 그 사람 쓰러져 잠들었습니다
술독만큼 깊은 밤
발효되지 못한 우리의 생은 독하기만 하네요

붓을 놀려 참을 인, 자를 써주시던 내 아버지처럼
그 사람 술을 흘려 넣어 참을 인, 자를 가슴에 쓰는 거
라고
베개를 고쳐주었습니다

그런데 꿈속에서 깜짝쑈라도 하는 걸까요
흡, 들이킨 숨 꼴깍 넘어갈 것처럼 놀래키더니 느닷없
이 이놈 저놈 잠꼬대를 해댑니다

사는 일이 무슨 도 닦는 것도 아니고
더더욱 코미디는 아닐 터,

흘러내린 이불을 그 사람 어깨까지 덮어주며 나는 울

지도 웃지도 못하고
　방바닥에 술찌끼로 주저앉아 떠도는 술 냄새를 바라
봅니다

오래된 벽돌집

붉은 벽돌집을 바라보면
벽돌들의 핏줄이 보인다
서로에게 알맞은 폼으로 어깨와 머리를 맞대고
천지간에 집 한 채 세우는 벽돌들의 상기된 얼굴이 보
인다
이 엄숙한 풍경에도
제 걱정은 마세요, 하면서도 삐딱하게 몸을 튼
벽돌 하나,
그 벽돌을 싸안은 가족들 뼈마디마다 줄줄이 금이 가고
금을 따라 슬픔의 강이 깊다
그러나 그 벽돌도 알고 있는 것이다
작은 제 몸뚱이가
이 집의 바람막이 벽이 되고, 따뜻한 방이 되고
기댈 수 있는 가슴이 된다는 것을,
그래서 허물어진 하늘 귀퉁이를 받쳐들고 비바람 눈
보라 다 견디고 있는 것이다

오래된 벽돌집을 들여다보면, 붙박혀 아름다운
벽돌들의 눈물이 보인다

사랑과 희망을 하면서 놉셔요?

부부싸움이라는 걸 했던 모양이다
당시 일곱 살이던 막내가 불쑥 내민 쪽지를 보며
동글동글 파마머리가 엄마라면 이쪽은 아빠겠지, 짐작하면서
피식— 웃지 않을 수 없었다
나란히 손잡고 웃고 있는 그림과 그림 아래 써놓은 삐뚤삐뚤한 글씨, 고 글씨 속에서 삐쳐나온 녀석이
우리의 침묵을 일시에 깨뜨렸던 것이다

사랑과 희망을
하면서 놉셔요?

물음표를 한 건 꼭 그렇게 하라는, 제 딴엔 당부하는 말투였겠지
사랑과 희망,
듣기만 해도 가슴이 벅찬 네 이름 같은 것
세상은 놀이터가 아니라 싸움터, 라고 차마 말하지 못했다

코피 터지게 싸워도 돌아올 땐 언제나 빈 손, 빈 손에
넘치는 건 바람뿐이어서
　흔들리다 날아갔는지 사랑과 희망은 이후로 돌아오지
않았다

어느새 훌쩍 커버린 너,
　산다는 게 모든 절망과의 힘겨운 싸움이라는 걸 알아
버린 듯, 우리의 싸움 변두리에서
　짐짓 모른 척 딴전을 피우는
　이제는, 마음 한 장 내밀지 않는 네가 서운해
　네 유년을 액자에 끼워놓고 우리 집 주문을 외운다

사랑과 희망을 하면서 놉셔요?

살아만 있다면 제발 돌아오라고
　사랑과 희망이며, 소홀했던 우리를 용서하라고 그리
운 부호를 들여다본다

들여다보며 내심 걱정도 하는 것이다
너무 오래된
사랑과 희망이, 우리를 알아보지 못하면 어쩌나
우리가, 사랑과 희망을 알아보지 못하면 어쩌나

오후 한때

신발장 정리를 하다 눈에 들어온 복고풍 구두 한 켤레
한두 번이나 신었는지 말았는지 바닥은 깊고 굽은 아
찔하다
불편한 기억도 추억이라고 뒤뚱뒤뚱 이쁘다

삐뚜르 기울어진 하늘이 전부는 아니었을 텐데……

골 깊은 간극을 두고 마주보는 구두와 내가 남남 같다
상처가 삶인 줄 몰랐다 너무 말짱해서 슬픈

아버지와 푸슈킨

‘삶이 그대를 속이더라도/슬퍼하거나 노여워하지 마라/슬픔의 날을 참고 견디면/머지않아 기쁨의 날이 오리니……’

낡은 꽃무늬 벽에 언제나 붙어 있던 푸슈킨의 시, 가훈은 몰라도 아버지가 손수 베껴 쓴 누런 종이 안의 시구는 생생했다 삶이 속인다? 어린 나 이해하지 못하면서 아픈 말이란 것쯤은 알아서 한 번도 아버지께 여쭤볼 수 없었다

나 이제 사십대, 굽이마다 어두운 풍경 펼쳐 보이는 삶을 두고, 삶이 나를 속인 게 아니라 내가 삶을 속여 왔던 건 아닐까 욕망의 바퀴를 굴리며 우회만 한 건 아닐까 아버지께 그 시 힘이 되었다면 아버지는 적어도 비겁한 우회는 하지 않으셨을 거야, 아니야, 우회에 대한 강한 부정이었는지 몰라

이런 세상에, 나는 의심하는 것이다

캄캄한 방 한구석에서 몰래 우시는 어머니 훔쳐본 적
있다 혹시나, 하고 주무실 때 숨소리를 들어보기도 장에
가면 영영 안 돌아오실까 싶어, 대문에 기대어 가슴을
졸이기도 했었다

티브이 '그 사람이 보고 싶다' 에서 가족들 상봉하는
모습 보시며 야, 새끼들 버리면 다 죽는 줄 알았는데 저
것 좀 봐라 다들 잘 자라 밥 먹고 사누나, 어머니 웃으신
다, 우신다, 느들 아버지께 잘 해라, 서러워 팽 돌아앉아
서도 아버지 역성만 드시는 영락없는 조선의 어머니

쓸쓸하고 가난한 귀에 밤낮으로 속삭이던 '슬픔의 날
을 견디면 머지않아 기쁨의 날이 오리니……' 나는 아버
지께 묻고 싶은 것이다 그거 부적처럼 어머니 가슴에 붙
여 놓으셨던 거죠? 아버지도, 어머니가 멀리 내빼실까봐
불안하셨던 거죠?

그리운 아랫목

식구들이 옹기종기 발을 모으던 우리네 만만한 아랫
목, 겨우 내내 동장군이 기웃거려도
　어머니는 절대 그 자리 내주지 않았다

종일 떠돌던 우리는 뭐 그리 서운한 게 많은지 찬바람
으로 쌩하니 돌아오곤 했는데
　이 세상 못 녹일 게 없다는 듯 괜찮다, 괜찮다, 어머니
는 아랫목 이불 속 깊이 밀어 넣으셨다

온돌에 고만고만한 마음 타닥타닥 고이고 귀밑까지
따라붙은 바람마저 순해져 깜빡 잠들면
　막걸리를 넣은 빵 반죽이 부, 풀, 고, 어린 동생들도
부, 풀, 어, 닿은 어깨 씩씩대며 밀치기도 하지만, 밀린
만큼 드러난 발목만큼 쑥쑥 꿈이 자라 있었다

어머니 때마다 아궁이에 소망을 피우시더니 어쩌다
모여도 여기저기 흩어져 앉는 자식들, 그 틈새 서운한
지 추억의 불씨 어디에다 지피나 분주히 오고 가시고

깊은 꽃잎

햇살 좋은 날 창호지를 새로 발랐지
안방 건넌방 문들 마당에 내놓고 한숨 얼룩진 누런 창
호지를 떼어내면 촘촘한 문살 사이로 수술한 아버지가
이마에 손을 얹고 누워 계셨다
뚝, 시침 뗀 하늘은 저만큼 높고 마루에 근심처럼 쌓
인 스웨터 몸통과 소매를 잇대며 상처를 꿰매던
어머니, 아무렴 너희들은 내가 지킨다 머리에 수건을
말아 쓰고 고운 풀을 창호지에 입혔네

희망의 귀퉁이 잡고 조심조심 문살에 붙여 살짝 눌러
주고 비질을 하고, 바람이 들어와 아랫목에 누우면 어쩌
나 문풍지까지 덧바르면
내일은 틀림없이 환할 거라고 울타리 아래서 국화꽃
이 목을 빼고 나발을 불었다 그렇다, 아니다, 희고 노오
란 머릴 끄덕이다 흔들어대다 소란을 떨고
어린 동생들 토닥거린 가을 내내 쓴내 한 번 안 나고
향기로웠다

슬픔 올올이 마술 코를 거는 어머니 등 너머로 눈부시
게 떠오르던 푸른 지붕, 알 수 없는 그리움이 팽팽히 부
풀고, 가을이 나도 데려갔으면…… 수출품 스웨터 주머
니에 숨어 먼 곳으로 사라졌으면…… 공연히 싸해져 쪽
마루에 나와 앉으면, 슬그머니 뒤엉킨 실꾸리를 풀며 혈
압약을 삼킨

어머니, 무슨 의식처럼 문고리 쪽 그 하얀 창호지 위
에 정성스레 붙이던 국화 이파리, 단풍잎, 이름 모를 빨
간 꽃잎들, 힘겨워도 예쁘게 무늬지라고 기도하듯 문마
다 꽃을 심으셨네

효자동 꽃 핀 창호지 앞에 바람도 달빛도 조용히 무릎
을 꿇고, 아버지 어두운 등 뒤로 한 시절이 지나가고

이제는 추억만 가득한 마당에서 도회로 가버린 자식
들 그리며 어머니 쓸쓸히 창호지를 바르시네 잊지 않고
꽃을 심으시네

내 일생에 절대 지지 않을 꿈의 꽃잎이여 나는 가네
오래된 부적 하나 그 꽃잎 품고 세상을, 걸어가네

지상의 몸 한 채

태고 적 불을 가둔 몸 한 채, 삼십육도 오분 온기를 품고 후평동 로터리를 지나 지적공사 못 미처 두 눈이 까실까실 매워온다

밀린 공과금과 대출상환 독촉장을 쏘시개로 디밀면 아냐, 이건 아니야, 불씨 같은 화두 하나 군내나는 아궁이 활활 달구며 뜨겁게 숨구멍을 타고 어두운 고래를 지난다

푸욱 언제 꺼졌는지 가슴 한쪽이 뻐근하다
남의 손에 집을 넘기고 돌아나온 지 오래, 무심코 옛집으로 향하던 발걸음에 놀라 멍하니 바라보던 하늘이 있었다 애써 잊으려 했던 생각을 비웃 듯 몸은 기억하고 있었던 것이다

굴곡 없는 곳 어디 있으랴, 손끝 발끝 휘돌아 목젖 뒤로 몰래 그을음과 티끌을 받아내고 맑은 연기만 세상에

풀어놓지만

　연륜 깊은 불길도 가 닿지 못하는 서늘한 윗목이 있
어, 생은 이렇게 쓸쓸한 것인가

　아쉬운 소리 안 하고 살겠다던 단단한 고집 뚝뚝 마른
삭정이로 꺾여 한줌 재가 되면, 로또 한 장 받아든 몸 안
의 오지 냉골에서 순정한 불꽃이 못내 그립고

　한소끔 뭉클하게 슬픔이 끓어오른 저녁, 행여 맘 아플
까 귀가한 식구들 고단하고 시린 손 밀어넣을 아랫목 달
구며
　푸른 연기 매캐한 지상을 텅 빈 방이 느릿느릿 걸어가
는 것이다

다이어트는 어려워

욕망은 어디서 오는가 구체성의 밥을 놓고 젓가락은 상상의 반찬을 날라온다 흰 밥알 같은 생애를 화려하게 수식하고 싶어한다

늙은 시인은 형용사를 버린다는데, 터무니없이 외로움만 깊은 위장과 짧은 상념의 헛바닥은 단물 고이는 미사여구를 뱉아내기 어렵다

반드시 배고픔 때문만은 아니다 고통과 슬픔이 잘디잘게 씹히는 맛도 있다 언어의 포만감, 이 습관이 아무런 감동 없이 살찐 문장을 키운다

다이어트를 하기로 했다

식탁 위에 행간을 두고, 접시마다 은유의 찬을 담기로 했다 넘쳐도 아름다운 달과 별, 바람, 사랑과 그리움의 이름으로 차려놓으면

후후 그대들을 사로잡고 싶어지는데, 군살 없는 어구, 영혼의 빛깔로 이 시대를 뭉클하게 물들이고 싶은데

아직도 허전한 구석 있는지 나는 선뜻 숟가락을 내려놓지 못한다

세월교에서

물안개가 피어오른다
더위를 피해 나온 사람들이 세월교에 모여앉아 춘천
의 풍속도를 그리며 여름을 건너고 있다

저 물줄기,
댐에서 조금씩 흘려보내는데도 그 아래 물고기들이
새끼를 치고, 나무들이 자라고, 둑을 따라 사람들이 약
속도 없이 모인다
한쪽에선 소주를 주고받고 한쪽에선 수박을 쪼개고
한쪽에선 연인들이 속삭인다

댐처럼 우리가 품고 있는 것이 있다면 그게 무얼까
마음의 일부라도 놓아버리면 이 세상 한 풍경 이루어
놓을지도 모르는데

일몰을 보다

진도 가는 길목 황산에서 차를 세우고 방둑에 올라 우
연히 마주친 일몰
바다는 숨조차 멎은 듯 잔잔하다

저 너머로 막 꺼지는 둥근 해 너무 붉어 저것이 머리
위에 있었던가
지나온 대낮이 새삼스러운데
누군가 가던 길 멈춰 나처럼 놀을 구경한다

존재가 스러지는 한 순간, 하늘은 피울음이어도 우리
에게는 하나의 풍경에 지나지 않는구나

이 무심함으로
해는 다시 떠오르고 지는 것일 터, 네가 떠나고 내가
사는 것일 터,

부음처럼 천지사방 흩어지는 구름 한 장 쥐고 느릿느
릿 문상 가는 바람을 좇는다

4부

나무

둥근 나이테에 갇혀버린 나무는 요즘 절로 얼굴이 뻘개져서 어쩔 줄을 모른다

심장까지 쪼그라들어 가을 햇살에 찔린 채 우주의 호르몬주사를 맞고 있다

골다공증을 앓는 줄기마다 순장시킨 것들이 숭숭 뚫린 구멍을 빠져나와 제 귀에 맴도는데

한 소절만 외우는 옛 가요 같기도 하고 추억을 불러오는 무슨 주문 같기도 하다

구시렁구시렁 혼잣말을 하다가 화들짝 놀라는

나무의 갱년기, 봄날의 분홍 꽃잎이며 초록 이파리가 먼 나라 신화 같다

누가 있어 영혼은 도굴되는가 나무는 섬뜩하다

느릿느릿 음절들은 수습되지만 복원된 건 오래된 슬픔, 허공을 껴안은 늑골이 시리다

봄

정면으로 마주쳤다

난 너 몰라, 고개를 돌렸다

뒤통수에 꽂힌 시선이 따스하다

아무리 눈부셔도

내 마음은 살얼음인데

앙 다문 입술을 비집고 자꾸 새어나가는

…… ㄴ…… ㅏ…… ㄴ ?…… 나아…… 는, ㅍ 울……
이, 파, 리…… 나, 는…… 아, 지랑이, 나는 씀바귀, 나는
진달래……

이런,

속내를 빤히 들여다보는

저 능청, 하늘은

흘끔 돌아보는 내게 새파란 손을 흔든다

아름다운 노숙

잠을 자네, 바람막이 벽도 지붕도 없는 맨땅에서 꽃들
이 나무들이 짐승들이 강물이 돌멩이들이

잠을 자네, 찬이슬 맞아도 감기에 안 걸리고 서럽다
사는 게 이런 거냐 인상 한 번 안 쓰고

비 내리면 꽃대를 높이 밀어 올리면서 바람 불면 씩씩
하게 새파란 이파리를 쫙 펴면서
멀리 갔다 돌아온 새끼들을 말없이 품어주면서 깊어
지면서 둥글어지면서

엉뚱한 데로 굴러 간 잔돌까지 달빛 끌어다 공평하게
나누어 덮고
세상의 모든 것들이, 천년 만년 한뎃잠을 자네

폭설

눈이 내린다 이 나라를 죄다 뒤덮을 듯 끝도 없이 뿌
려진다 모든 걸 다 지우고 새로 시작하자고 제이으건
국 제이으건국 산이며 들이며 마을 골목까지 하얗게
덮는다

눈은 그렇게 오고 그쳤다 다시 내리고 또 내리고, 하
늘이 입을 열 때마다 펑펑 쏟아진다 송이눈의 안팎을 뒤
집으며 어떤 것은 땅에 닿기도 전에 녹아버리며 준비된
말씀 사태 나는데 희망의 수은주는 점점 주저앉는다 이
렇게 한계절 깊어지나 보다 춥다

그러나 흰 눈을 소복이 뒤집어 쓴 채 나무들이 돌멩이
들이 짐승들이 뿌리를 들썩이며 키득거린다 아무리 눈
부신 공약을 해도 때맞춰 언제 그랬냐는 듯 녹아버릴 걸
알기 때문이다

환상적으로 흩뿌리는 저 불온한 눈을 올 겨울 너무 많
이 뒤집어쓴다

철쭉보다 먼저 붉어지다

태백산 산허리를 딛고 천제단을 돌아 꽃망울이 막 터
질 것 같은 철쭉 앞을 지날 때만 해도 산길은 유순했다
　그러나 누워 있던 산이 끄응 몸을 일으키면서, 하늘이
시나브로 흔들리고 비탈을 따라 발을 내딛을 때마다 신
발이 내 발톱을 야금야금 물기 시작했다
　거꾸로, 그러니까 뒷걸음으로 산을 내려가는 꼴이 될
수밖에……

　저 얼간이를 봐, 서로의 옆구리를 찌르며 나무들이 키
득거리고, 한 치수 넉넉한 품이 있어야 상처가 되지 않
는다 배알을 다 내놓은 주목이 쯧쯔 혀를 차는데
　헛짚은 세상의 높이와 깊이, 이 무서운 반전 앞에서도
난 자꾸 생시 같지 않은데
　흠, 뒤꿈치에 숲의 조롱이 매달리는 거, 순전히 요 신
발 때문만은 아니라는 것도 알겠는데

　하늘에 닿는 것보다 땅에 이르는 길이 더 어렵다고 태

백산이 가만가만 일러주는데

　머리부터 발끝까지 온통 화끈거리는 꽃밭이라, 철쭉
이 날 따라왔나? 의심을 품던 며칠 후, 태백산 철쭉이 ㅋ
ㅋㅋ 만개했다는 소식을 들었다

스퐁나무는 사랑을 했네

신전 같은 그 여자 어루만지며 짐작도 못했을 거야

두근두근 뿌리 내리며 천년 만년 지켜주리라 다짐했
을 거야

정말 몰랐을 거야, 애틋하게 품어 안을수록 그 여자
뼈마디 어긋난다는 것을

아프지 마라 아프지 마라 무너지는 생을 눈 뜨고 지켜
봐야 하는

스퐁나무 스프옹나무 ㅅ으ㄹㅍ으ㄴ 나무

아니, 어쩌면 알고 있었는지 몰라

그 여자 일찍이 전설이 된 마음의 유적을 누군가 쌓아
놓은 불가사의한 시간을

스퐁이 될게요…… 뒤늦게 연민처럼 번진 푸른 이끼

먼빛에 좋았을까
바닥에 널브러진 그 여자 잔뼈까지 움켜쥔 채 우우 속
울음만 깊은

알았어도 몰랐어도
스퐁나무 스프옹나무 ㅅ으ㄹ프으ㄴ 나무

* 스퐁나무: 캄보디아 앙코르 타프롬사원에 있는 무화과나무의 일종으
로 나무열매를 먹은 새가 사원의 상층부에 배설을 하면 거기서 싹이 터
뿌리를 뻗게 되는데, 그 뿌리가 벽을 타고 내려오며 사원을 휘감아 서서
히 무너뜨리고 있다.

서리꽃

남모르게 밤새워 피워 올린 눈물방울들

아무리 싸워도 바람을 이기지 못해
가슴 한쪽으로 죽어라 벼리고 벼린 날들 햇살 아래 반
짝이는데

그게 칼인 줄 알면서도
사람들은 꽃이라 부르네

어떤 귀향

돌아오는 연어가 마냥 좋기만 한 건 아닐 게다
어린 날의 이끼 낀 기슭과 물비린내가 몽땅 그리움은
아닐 터

제 몸의 가시를 키운 기억을 비켜가고 싶은
어디선가 달그락달그락 자갈 부딪는 소리가 난다

저 연어는 몰래 삼킨 눈물이 무거웠을까, 알알이 슬픈
둥근 배 터질듯한데

고향 방문을 진심으로 환영합니다~ 명절 때마다 펄럭
이는 현수막처럼
긴 바람을 걸고 한바탕 축제를 벌이는
하늘 그 뒤꿈치에서 붉은 알 와르르 쏟아내고는 콱 죽
어버린다

흐물흐물 널브러진 상처를 햇살이 뜰채도 없이 건져
내고 있다

폐광

어디로 갔을까

깊은 곳까지 예지의 길을 트던 단단한 뼈, 받침목 부러진 갱구를 본다

누군가를 세상에 두고 숨조차 겨운 막장을 향하는 아침

절망을 꿰뚫으면 희망이 보인다고

아무리 허물어도 바닥나지 않는 어머니 가슴 같은 지하로 내려가던 발걸음

이토록 완강한 어둠이 우리 밥줄이 되고 밥보다 부른 꿈이 되다니

떨며 떨며 가슴으로 짚어내던 뜨거운 맥, 외로워도 삽자루에 묻어나는 순수가 좋았지만

번번히 사태진 앞날이 무서워 내려앉은 하늘, 별이 돋지 않는 저탄장 아래서 떠나는 일만 생각했다

눈물이었다 다 잊은 채 겨울잠에 들고 싶은 우리네

눈 뜨고 하느님께 발목 잡혀 영영 돌아오지 않는 이웃
앞에서도
때맞춰 시장기를 느끼는 목숨은 또 무엇인가
어쩔 수 없는 삶을 챙겨 떠나버린 국도변엔 안타까운
규폐증을 실어 나르던 탄광버스가 패군의 잔해처럼 남
아 있다

무너진 것은 더 이상 불안하지 않구나
켜켜 앉은 석탄가루 털어내 안간힘으로 산맥을 넘는
사람들의 날개는 무사히 바람을 타는지
돌아보면 막다른 곳에서 언제나 시작되었다 다시 추
스를 수는 없는 걸까
영혼이 닿지 못한 깊이를 예감하며 문 닫은 탄광, 세
월의 빗장을 뽑는다

밤하늘

그 시절 이 나라 그리움이던 밥상인가

하, 눈부신 이밥을 고봉으로 담은 별들이 찬 없는 어
두운 하늘에 턱턱 올라온다 오랫동안 불러보지 못한 옛
친구, 마른버짐 꽃 같은 따순 얼굴들 꼬르륵꼬르륵 둘러
앉는다

옥수숫대 단물을 빨며 깜부기를 뜯던 언덕으로 고무
줄을 끊고 공깃돌을 흩트리며 달아난 개구쟁이들, 봄볕
꽁무니를 따라 옮겨 앉은 자리에서 상고머리들은 흙바
닥에 금 긋고 땅따먹기에 열중했었지

그르니 옳으니 입을 삐죽이다가도 수업을 알리는 종
소리 하나로 땡그렁 가슴을 맑힐 줄 알았지

다들 알고 있었을까 운동회날 두어 살 더 먹은 옥녀가
봉긋하게 솟은 가슴 움츠린 채 만국기 아래로 걸어오면
터무니없이 바람을 타던 귀엣말들

누구는 어떤 남자와 함께 가는 걸 보았다 누구는 남의

집 식모로 간다더라 해바라기씨보다 많은 의문을 까발
리는 사이

　가난한 들판에도 꽃은 피고, 꽃은 지고,

　상급학교에 못 들어 귓불까지 번진 빠알간 노을을 끌
고 뾰족구두 멋쟁이 되어 귀향했을 때 또박또박 물음표
를 찍으며 그녀 지나가면
　헐렁한 교복 치마허리 돌돌 감아 슬쩍 무릎 위로 올려
보던, 시대의 슬픔인 줄 모르고 쉬는 시간마다 소문을
부풀리며 도시를 그려보던

　우리들은 이제 서로의 소문이 되어 어디쯤에서 떠도
는 걸까 이름도 전화번호도 수첩에 없는데 캄캄할수록
환한 풋내기들, 밤하늘을 바라보면 추억이 헛배처럼 불
러온다

애막골에 무슨 일이

길가에 지프차를 세우고 양복 입은 사내들 몇몇 애막
골 산책길 오를 때
일찍이 알아봤지만
얼마 지나 진짜로, 입구에 산 너머 만천리를 잇는 도
로를 개설한다는 안내판이 세워졌다
추리닝에 운동화 끈을 묶던 사람들 토끼눈으로 공사
개요를 읽는데
대번에 붉은 깃발 여기저기 꽂히고
포크레인 쿡쿡 산 옆구리를 찍어대기 시작했다

무인지경이었을 때 죽은 애기들을 갖다 묻어 애총
이 줄비해서, 무덤 옆에 여막을 지어 시묘살이한 효
자들이 많아서, 가난한 사람들이 쑥부쟁이로 지붕을
덮고 살았기 때문에……

분분한 유래를 새파란 귓등으로 흘려보내던
애막골, 낮은 산에 운동기구를 들이고 나무의자를 만

들어 쉼터를 만든 어느 노인의 이야기도
　산을 오르내리며 몹쓸 병을 고쳤다는 젊은이의 소문도
　또 다른 유래가 되어 떠돌겠다

　이제 소나무들 뿌리 채 실려 나가고 짙푸른 잡목들 부
러지고 뒤집혔다
　붉은 흙 실어 나르는 대형트럭들 바쁘다
　급기야 산허리 두동강나더니
　뚝딱 철판 이어 다리 질러놓았는데, 그게 동네 자랑이
라고 티브이에 나오고 지역신문에 실리고
　이름이 ‘무지개다리’ 란다
　큭, 무지개라면 절대 여기 뜨지 않을 거라며, 둥지 잃
은 새들이 파르르 몸 떨며 날아간다

　졸지에 바닥이 된 산머리,
　그때 바람이 불었던 것 같기도 하고 아닌 것 같기도
한데

수상한 코끝을 쫓으니 갓 베어낸 생나무 냄새,
사람들 싸해져서 선뜻 발길을 돌리지 못하는데
외길에 팽팽하게 줄을 치고 딴 데로 돌아가라 인부가
소리를 지른다

■ 해설

낭만적 인식에서 실재하는 이상향으로의 귀환

— 황미라의 시세계

이 상 호

(시인, 한양대 교수)

낭만적 인식에서 실재하는
이상향으로의 귀환

— 황미라의 시세계

이 상 호

(시인, 한양대 교수)

1. 비극적 인간관과 시적 懷疑

황미라 시인이 시집을 내겠다고 원고를 보내왔다. 시집 원고의 첫 장에 적힌 이력 사항에 따르면, 그녀는 1989년에 시단에 올랐으니 올해로 벌써 詩歷 20년을 넘긴 중견 시인의 대열에 들어섰다. 그런데 시력 20년을 넘긴 시인 치고는 그동안 겨우 두 권의 시집밖에 출간하지 않았다는 것은 그녀가 무척 寡作하는 시인인 듯한데(하기야 세상 어딘가에는 평생 한 권의 시집도 못 내고 시적 삶을 마감한 시인도 있을 터인데 그에 비하면 많은 편이지만), 지

금까지 상자한 두 시집의 출판 연도를 살펴보면 사실 등단 초기에는 꼭 그렇지만도 않았다. 즉 첫 시집인 『빈잔』은 등단 후 2년 만인 1991년에, 그리고 두 번째 시집인 『두꺼비집』은 첫 시집을 낸 이후 3년 만인 1994년에 출간한 것으로 보아 초기에는 무척 활발한 창작역량을 보여주었음을 알 수 있다.

그러나 두 번째 시집과 세 번째 시집이 될 이번의 『스퐁나무는 사랑을 했네』의 출간 거리는 무려 17년이나 되어 결코 예사롭게 보아 넘기기가 어렵다. 두 번째 시집을 출간한 이후 시 쓰기에 대한 그녀의 심경에 어떤 변화가 온 것이 분명할 텐데, 무엇 때문일까 불현듯 나는 그 까닭이 궁금해졌다. 물론 그녀가 아주 절필한 것은 아니고 가끔 작품을 발표한 것으로는 알고 있지만, 강산이 두 번이나 바뀔 시간인 무려 17년이라는 긴 세월 동안에 고작 47편(시집 원고에 따름. 따라서 창작 편수는 더 있을 가능성은 있음)의 작품만을 창작했다는 것은, 한 해 평균 미처 3편도 안 되는 숫자이므로 거의 침묵으로 일관했다고 해도 지나치지 않을 정도이니까 말이다. 등단 초기의 시에 대한 그 열정이 불과 5년이 지나면서 그렇게 싸늘하게 식었다는 것은 분명 무심히 넘길 사안이 아니라는 생각이 나에게 강한 궁금증과 호기심을 촉발시켰다. 그렇다면 그

까닭은 무엇일까?

이런저런 생각들이 내 머릿속에 엉켜들었다. 등단 전후에 집중적으로 창작한 나머지 갑자기 시심의 원천이 고갈되었기 때문일까, 아니면 어떤 돌발 상황에 부딪혀 시에 대한 회의를 느끼고 의도적으로 멀리했기 때문일까, 그도 아니라면 지나치게 바쁜 일상생활의 굴레가 시인에게 시를 돌아볼 겨를이 없도록 만든 탓일까…… 그러고 보니 좀 오래 된 기억이기는 하지만 언젠가 그녀는 학업 관계로 아이들을 서울에 보내놓고 그들을 건사하느라 바쁘다는 얘기를 들은 적이 있기도 한 것 같기도 하다. 내 경험에 비추어보아도 바쁜 생활의 감옥에 갇히면 마음에 여유가 사라지면서 자연스레 시로부터도 멀어질 수밖에 없었으니까.

어쨌든 여러 가지 생각이 꼬리에 꼬리를 물고 내 머릿속으로 지나갔지만, 나는 그 문제의 원인은 아무래도 작품을 통해서 찾는 것이 바람직하다는 판단을 내리고 직전 시집에서 어떤 실마리를 얻을 수 있으리라는 판단으로 먼지 쌓인 『두꺼비집』을 찾아 먼 시간 속에 자리한 그녀의 시심 속으로 잠행하였다. 시집을 통독하자 그녀가 시에 열정을 더 이상 불태우기 어려웠으리라 짐작되는 대목들이 여기저기서 고개를 들었다. 즉 시 쓰기에 대한 시인의 고뇌와 회의를 어렵지 않게 발견하였다. 그 단적인 예로서 표면에 직접 드러난 것이 '시가 밥이 되지 않음'에 대한 절실한 인식이라 한다면, 그 근원에는 인간과 신에 대한 깊은 회의가 자리를 잡고 있다. 그 점과 관련된 비교적 선명한 이미지나 의미를 보여주는 대목들을 시집에 실린 작품의 순서대로 나열하면 다음과 같다.

① 나의 일상을 정신없이 휘둘러 주세요 그리운 무늬 꽃물 흐리게 바래도 뽀송뽀송 기쁨으로 널리고 싶습니다 때문어 다시 거품 물고 스러져도 주름 잡힌 가슴 꺾인 팔 다리 곧게 펴고 맑은 날 정직한 하늘에 한번 불붙어 봤으면
　　　　「당신이 잊으신 모양입니다 ― 두꺼비집 10」 부분

② 우리들 가난한 둥지 슬픈 겨드랑이에 있었을 원시의 날개 튼튼히 달아 주세요 날고 싶어요 한 줌 흙이 되려 하나의 거대한 흙덩이 굴려가는 모순의 풍경 깊숙히, 당신의 순수로 깃드세요 죄다 놓아주고 혼자만 사세요
　　　　「되돌려 주세요 나의 날개 ― 두꺼비집 21」 부분

③ 향기로운 밤꽃이 저버린 뒤 아무도 모르게 열매 맺

고 각피 속에 키워 온 진실 그대여, 나의 삶도 못난 속 깊이 단단한 그 무엇 하나 여물렀으면

—「알밤 — 두꺼비집 46」 부분

④ 떨리는 나의 계절에 오만하게 그리운 이상기온, 한번쯤 자연도감에도 없는 원시의 꽃이고 싶습니다

—「원시의 꽃 — 두꺼비집 48」 부분

⑤ 시를 쓰다가 시가 밥이 되지 않으므로 부엌으로 갑니다 희망으로 요리를 해도 깔깔하게 씹히는 일상을 식구들과 나누는 저녁이면 왠지 무서워 환히 전등을 켜고, 가난한 시를 쓰다가 시가 안식이 아니므로 잠을 잡니다 꿈보다 막막한 오늘이 오고, 고단함 속에 다시 부질없는 시가 부질없이 쓰여집니다 그대여,

—「막막한 오늘 — 두꺼비집 51」 전문

⑥ 당신은 사기꾼, 뒷짐 지고 서서 무조건 오라 하십니다 넘어져 피 흘려도 피 흘리다 끝장나도 끄떡 않는 당신, 희망 하나 숨겨놓으시고 한 굽이 돌면 또 한 굽이 가도 가도 아무것도 보이지 않는데, 죽을 때까지 실낱 같은 빛을 찾으라 하십니다 이제 알 것 같아요 빛은 우리 자신 속에

있다는 걸, 그걸 부시게 피워 보라는 소리없는 메시지, 아
름다운 사기꾼 그대, 그대여
　　　　—「아름다운 사기꾼 그대 — 두꺼비집 67」 전문

　위에 여섯 편(일부 또는 전문)을 인용했지만, 시인의
인식과 시적 개념상으로는 ① ~ ④(관념성: 정직·순수·
진실·원시성 염원), ⑤(일종의 메타 시로서 시의 현실적
가치에 대한 회의), ⑥(신과 자아에 대한 재인식) 등으로
대별된다. 등단 초기의 시적 관심사가 농축된 이들 작품
에 의하면 그녀는 슬프거나 가난하고 못났거나 추운 존재
감에서 이상향을 그리워하며 거기에 도달하기 위해 신에
게 갈구하지만, 현실적으로는 시가 밥이 되지 않듯 '당신
/그대'로 세속화된 '신'은 '뒷짐을 지고 서서 무조건 오
라'고만 할 뿐 '넘어져 피 흘려도 피 흘리다 끝장나도 끄
떡 않는 당신'으로 침묵하거나 못 본 체 할 따름이다. 이
에 시인은 더욱 간절히 祈求하지만(일종의 시 쓰기의 형
식이기도 함), 결국엔 아무것도 응답하지 않는 當身/神임
을 깨닫게 됨으로써 그대를 사기꾼으로 규정한다. 그렇지
만 그 사기꾼은 현실적 차원이 아니라 오히려 신의 근본
모습임을 인식함으로써 시인은 '아름다운 사기꾼'이라
는 역설적 존재로 신을 바라본다.[1] 그리하여 결국 시인은

구원의 빛은 절대자나 남의 도움에 의해 실현되는 것이
아닌, 이를테면 자기 외부에서 비추어지는 것이 아니라
'우리 자신 속에 있다는' '소리없는 메시지' 를 어떤 계시
처럼 스스로 암시받기에 이른다.

　황미라 시인이 이런 회의와 결론에 도달했을 때 시 쓰
기를 통한 자아실현의 방법을 계속 추구하기 어려웠으리
라는 점은 어느 정도 짐작할 수 있는 일이다. 시가 자아실
현의 한 방법이 될 수 없다고 스스로 판단했을 때, 비록

---

　1) 이는 파스칼이 말한 "진실한 당신은 숨은 신이다."라는 관점과 일
맥상통한다. 여기서 '숨은 신' 이란 '언제나 현존하며 언제나 부재하는'
신을 일컫는 역설적 관념의 소산이다. '숨은 신' 에 대한 루카치의 부연
을 참조하면 그 의미가 좀 더 구체적으로 밝혀진다. "그(비극적 인간)는
강한 적대자들 사이의 싸움에 대해 신의 판단과 궁극적 진리에 대한 말
씀이 내려지기를 바란다. 그러나 그를 둘러싼 세계는 자신의 길만을 좇
아가기만 할 뿐, 문제와 대답에 무관심한 채로 있다. 사물들은 모두 벙
어리가 되고, 전투는 자의적이고 무관심하게 승리자와 패배자를 구분한
다. 신의 판단의 명확한 말씀은 더 이상 운명의 행로에 울리지 않는다.
모든 것을 일깨워 생명을 불어넣은 것은 말씀의 소리였지만, 이제 모든
것은 스스로의 힘으로 홀로 살아야 한다. 심판의 소리는 영원히 들리지
않는다. 그렇기 때문에 그(인간)는 패배 속에서보다 승리 속에서 정복당
하게 － 멸망하게 － 될 것이다." Georg Von Lukács, 루시앙 골드만, 송
기형 · 정과리 옮김,『숨은 신』, 연구사, 1986, 48쪽, 재인용. 이 말을 참
조할 때 초기 시에 나타난 황미라의 신과 존재에 대한 인식을 이해할 수
있다. 즉 그녀의 내면에는 어느 정도 비극적 인간관이 짙게 깔려 있는
셈이다.

시인이 둘째 시집의 서문에서 "그리움으로 궁글린『두꺼
비집』은 신에 대한 나의 질문이며 고백이며 투정이다. 신
이 누구이든, 나는 당분간 그를 괴롭힐 것 같다."는 예감
을 가졌다고 하더라도 초기와 같은 열정으로 계속 시심을
추스르고 창작에 열중하기는 힘들었을 것으로 보이기 때
문이다. 그래서 시인은 둘째 시집을 묶을 때의 심정과는
달리 결과적으로는 차츰 시의 영역 밖으로 자신을 밀어내
고 있었던 것으로 보인다.

2. 낭만적 관념에서 현실적 포용의 자세로

그러나 그럼에도 불구하고 예술이라는 영역이 현실적
쓰임새와 구분되면서 태어났듯이 태생적으로 현실적 한
계를 갖고 있을 뿐만 아니라, 또 그것은 누가 시켜서 되는
일이 아닌 자기 내발적인 열정을 못 이겨 스스로 빠져드
는 것이기도 하기 때문에 한 순간의 회의가 그 전부를 포
기할 만큼 결정적인 파괴의 힘으로 작용하기는 어렵다.
좀 더 직설적으로 말하면, 한 때 어떤 회의로 인하여 모두
포기하고 싶은 마음이 들기는 했을지언정 시로부터 영원
히 등을 돌릴 수 없는 숙명이 시인으로서의 그녀의 본심
에도 내재되어 있었다고 해야 할 것이다. 그녀가 오랜 침
묵 끝에 셋째 시집을 엮어내기로 마음을 굳힌 것은 바로

그런 연유라고 보아 마땅할 것이다. 그리고 신과 존재와 시에 대한 회의의 심연이 깊었던 만큼 내면으로의 침잠과 침묵의 시간도 길어질 수밖에 없었을 것임을 짐작하면 둘째와 셋째 시집의 터울이 17년이라는 세월도 그리 허망한 일만은 아닐 것이다.

이런 사정들을 감안할 때, 이 셋째 시집은 쉽게 해결되기 어려운 존재에 대한, 또는 시 쓰기에 대한 시인의 회의를 어느 정도 극복하여 얻은 결실이라 그 의미가 사뭇 깊다. 다르게 말하면 그야말로 아주 오랜만에 세상에 내놓을 이번 시집은 시 쓰기란 현실적으로 쓸모없거나 부질없는 일이라는 자기 회의를 중화시킨 후 오랜 세월의 침묵을 깨고 출산하는 어쩌면 늦둥이 같은 의미를 지닐지도 모른다. 그런 만큼 비 온 뒤에 땅이 굳어지듯이 이번 시집에서는 자아와 세계에 대한 인식이 더 깊고 넓어졌는데, 특히 시의 형식적 측면에 대한 세심한 배려가 한결 심화되었다. 말하자면 그녀의 시가 큰 변화를 이루고 있는 셈이다.

그 변화는 우선 형식에서 크게 일신되었다. 『두꺼비집』은 전체가 '두꺼비집'이라는 하나의 제목 아래 매 편마다 소제목을 붙인 연작으로 이루어진 산문시 형식인 반면에, 이번 시집은 모두 개별 작품으로 대부분 자유시 형

식을 취하고 있다.[2] 산문시가 산업화 이후 세속화와 물신
주의가 만연하면서 일면 부정적으로 변화되어 가던 세태
를 형식적으로 반영하여 미학성이나 정제된 리듬보다는
의미 추구에 더 많은 강점이 있다면, 자유시로의 회귀는
그 반대 방향으로 시심의 축이 회전하는 것으로 볼 수 있
다. 황미라 시에 이 두 형식이 시집에 따라 교차적으로 변

---

2) 별다른 기교 없이 줄글로 일관했던 산문시를 염두에 두고 의미나
이미지에 따라 형식을 구사한 다음 시를 보면 두 형식의 미학적 차이를
분명히 느낄 수 있을 것이다.

고등어를 굽는다 오랫동안 식탁에 올리지 않던 비린내를 마음놓고
풍긴다
　노릇노릇 하루가 간다
　껍질이 타들어간 고등어,

　　이모 장례식에서 돌아와 눈을 털었다
　　이모는 뇌출혈로 팔 년을 누워지냈다
　　탁탁 털어내도 더 이상 이모 냄새는 나지 않았다

짭짤한 슬픔이 한 술 저녁 위에 얹힌다

누군가 노을을 지펴 하늘을 굽, 는, 다,
까맣게 태운다
어둠의 껍질을 벗겨내면 비리디비린 아침이 환히 밝아 올 것이다

뼈를 발린 고등어 한 마리가 눈부시다
　　　　　　　　　　　　　　　　　　—「다시, 고등어를 굽다」 전문

화하는 것은 일견 그런 의미가 그 이면에 잠재되어 있는 것으로 보인다. 이를테면 앞 시집의 산문시가 부정적 현실인식이나 비극적 인간관에 긴밀하게 연관되어 있다면, 이번 시집에서 자유시 형식의 리듬으로 회귀한 것은 가능한 한 현실을 포용하고 그 속에서 이상적인 것을 찾아내려는 자의식을 반영한 결과라고 볼 수 있다. 그러니까 시의 형식적 변화를 통해서도 우리는 시인의 세계인식이 어떻게 달라졌는지 짐작할 수가 있다. 다시 말하면 초기 시가 시인의 결핍 인식이 낭만적 꿈꾸기와 절망감으로 발산되는 형국을 지닌다면, 이번 시집에서는 눈에 보이는 세계뿐 아니라 눈에 보이지 않는 존재/세계까지 긍정하고 수용하려는 현실주의적 세계관과 진정성이 토대를 이룬다. 그 단초를 나는 「이 땅은 다 그리움이지」라는 작품에서 찾고 싶다.

　　새들이 높이 솟구쳐도 사라지지 못하고 숲에 깃들거나 지붕 위에 앉는 걸 보면 세상 어딘가에 꽁지를 내리고 싶은 거야
　　사방 열려 있지만 가 닿을 수 없는 허공에서의 선회, 환히 보이는 높이에서 피로가 뼛속까지 스미면
　　이 땅은 다 그리움인 거야

목구멍으로 삼킨 모래알들이 먹이를 잘게 부술 때마다
새들은 기억하지, 두 발에 닿던 대지의 온기를

겁 없이 솟구치다 공중분해 될까봐, 날아다니는 즈들
만 죽어서 한 줌 흙으로 돌아가지 못할까봐, 모래주머니
를 몸속에 달고 다니는 거지

따뜻한 사람의 집에 등불이 켜지고 짐승들이 고물고물
새끼를 품는

저녁이면, 날개를 부러뜨리고 뱀처럼 기어서라도 피
묻은 알을 까고 싶은 거야

새들을 누가 자유라 부르나, 슬픔이 차오른 아랫배를
끌어안고 제자리 찾아 온 힘으로 푸득이지만

날개는 자랑인 줄 알고 새들을 하늘로, 하늘로, 띄우기
만 하네

―「이 땅은 다 그리움이지」 전문

새를 제재로 하여 존재인식을 풀어낸 점에서 우화의
속성을 지닌 이 작품은, 행갈이를 하였으므로 근본은 자
유시이지만 대체로 행의 길이가 긴 편이어서 산문시의 느
낌을 주기도 한다. 그러니까 이 작품은 모두 산문시로만
이루어진 둘째 시집과 주로 자유시로 구성된 셋째 시집의
중간쯤 된다. 이러한 변화는 존재인식에서도 그대로 반영

된다. 초기 시에서는 주로 이상적인 것에 대한 그리움과 기원의식을 형상화한 반면, 이 시에서는 새가 하늘로 솟구치지만 결국엔 다시 땅으로 내려올 수밖에 없는(이상과 현실의) 모순적 존재인식, 또는 존재의 양면성을 함께 들여다보려는 여유로운 관점이 돋보인다. 예컨대, 그것은 '사방 열려 있지만 가 닿을 수 없는 허공에서의 선회, 환히 보이는 높이에서 피로가 뼛속까지 스미면/이 땅은 다 그리움인 거야' 라는 구절에서 선명히 대비된다. 이를테면 '허공' 이란 사방으로 열려 있기는 하지만 제 뜻대로 쉽게 가 닿을 수 없는 것이기 때문에 새는 한순간 허공으로 비상하지만 곧 끝까지 오를 수 없으니 선회할 수밖에 없고 그러다가 피로가 뼛속까지 스미면 다시 땅으로 하강할 수밖에 없는 비극성을 안고 있다. 따라서 '이 땅은 다 그리움이지' 라는 탄성은 완전한 비상의 불가능성을 깨달은 존재의 自省이자 땅에 대한 새로운 발견과 인식이 되는 셈이다.

우리의 영혼은 늘 하늘(이상향)로 비상하고 싶고 또 자유롭게 훨훨 날아다니고 싶지만 사실 그것은 현실의 굴레에 얽매어 있는 한 애초에 불가능한 일이다. 그런 까닭에 그 꿈이 클수록 좌절감만 부풀리는 꼴이 되고 만다. 이 관점으로 접근하면 땅은 언제나 최후에 도달하는 안식처가

되는 셈이다. 그래서 땅에 대한 그리움이 더 절실해지는
데 그것이 얼마나 강력한 것인가는, '새들이 높이 솟구쳐
도 사라지지 못하고 숲에 깃들거나 지붕 위에 앉는 걸 보
면 세상 어딘가에 꽁지를 내리고 싶은 거야', '겁 없이 솟
구치다 공중분해 될까봐, 날아다니는 즈들만 죽어서 한
줌 흙으로 돌아가지 못할까봐, 모래주머니를 몸속에 달
고 다니는 거지', '새들을 누가 자유라 부르나, 슬픔이 차
오른 아랫배를 끌어안고 제자리 찾아온 힘으로 푸득이지
만' 등에 잘 드러난다.

여기서 또 하나 눈여겨볼 것은 '따뜻한 사람의 집에 등
불이 켜지고 짐승들이 고물고물 새끼를 품는' 이라는 구
절이다. 슬프거나 가난하고 못났거나 추운 존재감이 '따
뜻한 사람의 집' 이나 '짐승들이 고물고물 새끼를 품는'
다정다감한 상황으로 바뀌고 있는 것이다. 이러한 시인의
변화된 인식은 가망 없는 그리움보다는 가능한 현실에 정
을 붙이고 순응하는 것이 더 낫다고 인식한 결과이거나,
아니면 허공을 선회하다가(그리움과 탐색의 결과) 피로
가 뼛속까지 스민 존재의 위기의식에서 찾아낸 새로운 출
구일 수도 있다. 그리하여 시인은 이제 '사방 열려 있지
만 가 닿을 수 없는 허공' 에 대한 열망으로 방황하고 절
망하기보다는 세상 모든 것에 대한 의미를 새삼 깨달으면

서 사소한 것에까지 눈을 돌리고 정감을 나누려 한다.

거미줄을 따라 가면
그 끝에서 만나는 것이 있다
처마 밑이나 나뭇가지, 하다못해 썩은 지푸라기라도
거미줄은 부여잡고 있는 것이다
거미줄의 처음과 끝이 닿아 있는
거미줄보다 절대 먼저 놓아버리지 않는
힘겨울 땐 언제나 잡아보라고
이 세상 손이 사방 뻗어 있는 것이다
—「세상의 손」 전문

시인이 도달 불가능한 허황한 '허공' 으로부터 손에 잡히는 가까운 세상으로 하강하여 만난 대상이 '거미줄' 과 '세상의 손' 이다. 그리고 거미줄이 사소한 현상이라면 세상의 손은 근원적인 힘이요 구원의 손길이다. '힘겨울 땐 언제나 잡아보라고/이 세상 손이 사방 뻗어 있는 것이다' 이라는 시인의 인식에 따르면, "하늘이 무너져도 솟아날 구멍이 있다"는 속담처럼 사람들이 아무리 힘겨워도 세상은 구원의 손길을 놓지 않을 것이므로 희망을 갖고 살 만한 가치가 있다는 것이다. 이러한 시인의 긍정과 믿음

과 희망을 간직하려는 자세는,

　　이제는 모든 게 끝났다고 더는 갈 곳이 없다고
　　푹푹 내리쉬던 한숨, 어지러운 내륙에서 믿던 한계, 지
　도를 짚어가며 그리움을 내리던
　　땅끝, 에 와서
　　땅끝, 이란 말을 버린다

　　무엇보다 깊은 땅
　　작은 섬 너머에 섬이 있고 그 섬 너머에 또 섬이 있다
　섬 너머 섬, 섬 너머 대륙이 있다
　　표도 없이 배에 오른다 나는, 살아 있는 것이다
　　　　　　　　　　　　　　　　　　―「섬 너머 섬」 부분

라고 하는 대목에서 극명하게 드러난다. 이 시에서 눈여
겨볼 것은 시인의 인식이 '땅끝'에 와서 급변한 점이다.
즉 '이제는 모든 게 끝났다고 더는 갈 곳이 없다고/푹푹
내리쉬던 한숨, 어지러운 내륙에서 믿던 한계'라는 표현
에 드러나는 '내륙'(삶의 현장, 현실)에 대한 고통과 한계
인식이 '지도를 짚어가며 그리움을 내리던/땅끝'에 이르
러 '무엇보다 깊은 땅/작은 섬 너머에 섬이 있고 그 섬 너

머에 또 섬이 있다 섬 너머 섬, 섬 너머 대륙이 있다' 는 무
한한 가능성의 세계 인식으로 바뀌고 있다. 시인은 '땅
끝' 의 '끝' 이라는 말의 절망감을 불식하는 일이 곧 자아
를 앞으로 밀고 나아가게 하는 원동력이라고 믿는다. 그
래서 시인은 '표도 없이 배에 오른다' 는 다소 위험한 용
기를 갖고 새로운 탐색 여정을 감행하면서 그것이 바로
'살아 있는 것' 을 증명하는 길임을 확인한다. 이와 같은
시인의 '끝' 을 불식하려는, 즉 끝이 곧 시작이라는 긍정
적 인식은,

① 오래된 상처가 길을 내고 사람을 들인다

—「내려가는 산길」 부분

② 뒤집혀 본 사람은 안다/우리에게 이면이 있다는 것
을/거짓말처럼 누군가 하루아침 엎어버려도/가만히 들여
다보면 여기 또한 이승이라는 것을

—「이면지에 쓰다」 부분

③ 뼈를 발린 고등어 한 마리가 눈부시다

—「다시, 고등어를 굽다」 부분

　④ 모르긴 해도 저 눈사람도 따뜻한 햇살이 그리울 거라고 생각하다, 그만 미안해졌습니다/그것은 곧 죽음일 테니까요/어깨에 내린 눈을 탁탁 털고 있을 때/차가운 눈송이 송이로 뼈와 살을 빚어 동안거에 든/눈사람,을 만난 것만으로도 이 겨울이 내게 축복입니다

— 「눈사람」 부분

　⑤ 삐걱이는 사랑이여,/가거라,/애틋하게 수선한들 얼마나 더 견디겠느냐/나의 안식이었던 구두를 벗어던지고 맨발로 걸어가는데/한결 가볍다, 하는 순간/무엇에 찔렸는지 발가락 사이 붉은 꽃이 핀다/환한 상처, 핑그르르 눈물은 돌고

— 「내 구두 소리가 내 귀에 너무 크다」 부분

등등에서 만날 수 있다. 인용한 구절들에서 확인되듯이 시인의 긍정의식은 대부분 아이러니(역설 포함) 기법으로 표현되어 있다. 즉 상처가 길이 되고(①), 뒤집힌 이면이 또한 이승이며(②), 뼈를 발린 고등어가 눈부시기도 하고(③), 눈사람에게는 따뜻한 햇살을 만나는 것이 곧 죽음이지만 눈사람을 만난 것만으로도 이 겨울이 내게 축복이라는 것(④), 삐걱이는 사랑을 버리고 한결 가볍다고

생각하는 순간에 무엇에 찔려 발가락 사이에 붉은 꽃이 피지만 그것을 환한 상처로 받아들이려는 자세(⑤) 같은 대목들이 바로 그것이다. 아이러니/역설적 기법이 세계의 양면성이나 전체를 바라보려는 인식 작용, 말을 바꾸면 세계의 이면에 내재한 본질을 들여다보려는 노력의 한 형태임을 고려하면, 위의 주요 구절들은 시인이 일상적 인식을 떨쳐 버리고 세계와 존재의 본질에 이르기 위해 노력한 흔적이 되는 셈이다.

일상적 관점에서 '상처'는 아픔이요 고통의 흔적으로서 보기 흉한 것일 수도 있지만, 그 아픈 경험으로 하여 같은 실수를 반복하지 않을 수 있는 가능성을 지니므로 삶에 새로운 길을 제시해 줄 수가 있다. 이렇게 보면 생각하고 마음먹기에 따라서는 '절망에 녹슨 아날로그 꼬챙이로/조용히 세상을 받아들이는'(「피뢰침」) 것처럼 절망도 절망이 아닌 것이 될 수 있고, 비록 따뜻한 햇살이 비치면 곧 녹아버릴 눈사람이지만 '눈사람,을 만난 것만으로도 이 겨울이 내게 축복'(「눈사람」)이 된다는 안분 자족할 줄 아는 마음을 간직할 수도 있다. 또한 시인은 제주도의 푸석푸석한 현무암을 통해서 '허풍스레 무게 잡지 않'고 '모난 구석 다듬느라 억지 부르지 않'으며 바람과 '맞붙지 않으면서 바람을 이기'(「제주도 가면 알겠네」)

는 무위자연의 위력과 소중한 가치를 깨닫는가 하면, 들판에서 '흔드는 이 없는데 꽃잎 하나 뚝, 떨어' 지는 겸허한 모습에서 '이 빠진 아이처럼 배시시 웃는 작은 구도자'(「들꽃」)를 만나기도 한다. 이렇듯 초기 시에서 자아의 결핍 인식과 그리움(기원 의식 촉발)과 절망감에 허덕이던 정황에 대비하면 시인의 세계 인식이 얼마나 달라져 있는지 우리는 실감할 수 있다.

3. 궁극적 지향처

낭만적 관념(허공)의 세계에서 현실(땅)로 내려온 황미라 시인의 관심사로 떠오른 것이 일상적 삶의 이면에 감추어진 은밀한 본질의 세계요, 삶의 궁극적 자세와 관련된 정신의 문제였다면, '서로를 온전히 살려놓은 진흙땅과 짐승들, 해남 우항리에서 문득 사람이 그립다'(「흔적」)에 드러나는 바, 이제 시인은 사람 자체에 대한 그리움으로, 그리고 특히 사람 중에도 자신의 가장 깊은 관심의 대상이 되는 가족 구성원에 대한 애틋한 정으로 관심을 돌린다. 즉 하늘 → 땅 → 사람 → 가족으로 인식의 대상을 점차 시인 가까이로 좁혀가서 하나의 원근법을 이룬다. 이렇게 보면 결국 시인의 궁극적 지향처는 가족이 되는 셈이다.

그러나 시인이 가족을 심중에 들여놓기까지는 앞서 보았듯이 먼 길을 돌아왔다. 그것은 마치 '서로를 온전히 살려놓은 진흙땅과 짐승들, 해남 우항리'가 사람에 대한 그리움을 자아내게 한 것과 같은 구조를 이루는데, 다음 시에서 시인의 마음이 가족에게로 향하게 되는 구체적인 계기가 잘 드러난다.

그랬었다
그냥 모래에 주저앉아 바다만 바라봤다 갈매기들 꺽꺽 울어댔고
파도만 철썩였을 뿐, 밀려왔던 바닷물이 쓰윽 빠질 때
작은 바위에 달라붙은 조개들만 얼핏 보였을 뿐
다시 밀려온 파도가 바위를 깰 듯 내리치고 수없이 내리쳐도
다닥다닥 머리를 맞대고 살 궁리를 하는
손바닥만한 터만 있어도 악착같이 새끼를 치고 일가를 이루는
새카만 조개들의 검은 등만 번쩍 빛났을 뿐

그리고
바람이 조금 불었을까

> 그 바람에 밀리는 척, 내 온기와 머리카락이 아직 남아
> 있을
> 집으로 가야겠다고
> 나 슬그머니 일어났던 거 같다

—「가족」 전문

시인은 짐짓 '…파도만 철석였을 뿐', '작은 바위에 달라붙은 조개들만 얼핏 보였을 뿐', '새카만 조개들의 검은 등만 번쩍 빛났을 뿐'이라며 능청을 떨고 있지만, 사실 그의 눈과 마음은 '다시 밀려온 파도가 바위를 깰 듯 내리치고 수없이 내리쳐도/다닥다닥 머리를 맞대고 살 궁리를 하는/손바닥만한 터만 있어도 악착같이 새끼를 치고 일가를 이루는/새카만 조개들의 검은 등만 번쩍 빛'나는 모습에 깊이 꽂혀 있다. 다시 말하면 파도로 인한 수없는 시련에도 끄덕하지 않고 오히려 '살 궁리'를 하고 '악착같이 새끼를 치고 일가를 이루는', 이를테면 시련에 들수록 더욱 삶에 대한 애착과 가족애에 불타는 한갓 미물에 불과한 '새카만 조개'들이 '내 온기와 머리카락이 아직 남아 있을/집으로 가야겠다'는 귀가의지를 불러일으켰던 것이다. 시인은 바람에 밀려 못이기는 척 '나 슬그머니 일어났던 거 같다'고 수동적 자세로 표현했지만

사실은 미물에 대비된 민망한 자아 성찰과 쑥스러움이 그 이면에 깔려 있다.

나는 앞에서 황미라의 시의식이 원근법적 구조를 이룬다고 했지만, 허공에서 가족에게로 향하는 축소지향성(다르게 말하면 구체성 지향)은 단지 결과적인 모습일 뿐 근원적으로 보면 사실 가족은 사회를 형성하는 최소/최초 단위이자 출발점이며 근원이기도 하다. 그러니까 건강하고 온전한 가족들이 모일 때 그 가족의 집합체인 사회나 국가, 나아가서 인류도 건강하고 온전하게 성립할 수 있는 것이다. 그렇다면 시인이 가족을 재발견하고 궁극적 지향처로 확신하는 것은 필연적인 결과이다. 이런 점에서 시집의 중후반부에 집중적으로 드러나는 가족을 제재로 한 다양한 작품들은 시인의 가족에 대한 애틋한 정과 관심의 깊이를 가늠하게 하는 실체이자, 사회와 가족 또는 가족과 사회의 관계가 우주의 구심력과 원심력처럼 서로 불가분의 引力으로 맺어져 있음을 의식하는 범우주적 세계관을 엿보게 하는 증거이기도 하다. 이를테면 그것은

　　그 벽돌을 싸안은 가족들 뼈마디마다 줄줄이 금이 가
고
　　금을 따라 슬픔의 강이 깊다

그러나 그 벽돌도 알고 있는 것이다
작은 제 몸뚱이가
이 집의 바람막이 벽이 되고, 따뜻한 방이 되고
기댈 수 있는 가슴이 된다는 것을,
그래서 허물어진 하늘 귀퉁이를 받쳐들고 비바람 눈보
라 다 견디고 있는 것이다
오래된 벽돌집을 들여다보면, 붙박혀 아름다운
벽돌들의 눈물이 보인다

—「오래된 벽돌집」 부분

는 구절에 드러나는, '벽돌을 싸안은 가족들' (집)과 또 그 벽돌의 '작은 제 몸뚱이가/이 집의 바람막이 벽이 되고, 따뜻한 방이 되고/기댈 수 있는 가슴이 된다는 것' 과 같은 이치이다. 그래서 시인은 자신이 하나의 벽돌처럼 '붙박혀 아름다운' 길, 즉 참된 존재의 집을 짓는 길을 집(가족) 밖에서 찾기 위해 방황하던 마음을 접고 스스로 가족의 벽이 되고 따뜻한 방이 되고 기댈 수 있는 가슴이 되고자 귀환한다. 그리하여 시인의 남다른 가족애는 아버지·어머니·남편·자식 등 다양한 대상으로 드러나는데 그것은 예컨대,

①

· 가족이란 이름의 둥근 집을 지으셨다

　　　　　　　　　　　　　　　　　—「아버지의 집」 부분

· 쓸쓸하고 가난한 귀에 밤낮으로 속삭이던 '슬픔의 날을 견디면 머지않아 기쁨의 날이 오리니……' 나는 아버지께 묻고 싶은 것이다 그거 부적처럼 어머니 가슴에 붙여 놓으셨던 거죠? 아버지도, 어머니가 멀리 내빼실까봐 불안하셨던 거죠?

　　　　　　　　　　　　　　　—「아버지와 푸슈킨」 부분

②

· 어머니 때마다 아궁이에 소망을 피우시더니 어쩌다 모여도 여기저기 흩어져 앉는 자식들, 그 틈새 서운한지 추억의 불씨 어디에다 지피나 분주히 오고 가시고

　　　　　　　　　　　　　　　　—「그리운 아랫목」에서

· 어머니, 아무렴 너희들은 내가 지킨다 머리에 수건을 말아 쓰고 고운 풀을 창호지에 입혔네

　　　　　　　　　　　　　　　　　—「깊은 꽃잎」 부분

③

· 붓을 놀려 참을 인, 자를 써주시던 내 아버지처럼/그 사람 술을 흘려 넣어 참을 인, 자를 가슴에 쓰는 거라고/베개를 고쳐주었습니다

　　　　　　　　　　　　　　—「그 사람보다 쓸쓸한 술 냄새」 부분

　④

　· 짐짓 모른 척 딴전을 피우는/이제는, 마음 한 장 내
밀지 않는 네가 서운해/네 유년을 액자에 끼워놓고 우리
집 주문을 외운다//사랑과 희망을 하면서 놉셔요?

　　　　　　　　　　—「사랑과 희망을 하면서 놉셔요?」 부분

등과 같은 작품에서 확인할 수 있다. 여기서 성장한 자식
의 무심함을 섭섭해 하며 살가운 정을 그리워하는 마음을
표현한 ④를 제외한 나머지, 즉 아버지(①)와 어머니(②)
그리고 남편(③)을 표현한 작품들은 지난 기억에 의존하
든 현재 상황을 그려내든 대체로 애틋한 정을 기반으로
한다. 그만큼 가족의 구성원들이란 자아와 떼어서 생각하
기 어려운 소중한 존재들이기 때문이다. 그러므로 가족의
의미와 그 사랑에 대해서는 더 이상 구구한 설명이 따로
필요 없을 것이다.

　그러나 그럼에도 불구하고 우리는 또한 그것이 소중하
고 의미가 깊을수록 경계해야 할 것도 많다. 만약 가족을
사랑하고 지키는 일이 우리가 궁극적으로 도모해야 할 근
원적인 문제라고 생각하면 생각할수록 그곳으로 가는 길
은 더욱 멀고 험하다는 생각을 잊어서는 안 된다. 왜냐하

면 그것은 '그게 칼인 줄 알면서도/사람들은 꽃이라 부르' (「서리꽃」)는 어리석은 존재일 뿐만 아니라, 이번 시집의 표제작이기도 한 「스퐁나무[3]는 사랑을 했네」에서 드러나듯이 '애틋하게 품어 안을수록 그 여자 뼈마디 어긋난다는 것', 즉 사랑인 줄 알고 껴안는 일이 도리어 파괴 행위로 귀결되는 아이러니 현상을 낳을 수도 있으니까!

이렇듯 우리 존재란, 또는 우리가 사는 세계란 한없이 오묘하고도 미묘하여 우둔한 인간으로서는 그 진실을 다 알기는 거의 불가능하다. 그런 까닭에 그 비의를 탐색하고 즐기고 때로는 독자를 일깨움으로 일으켜 세우는 시의 길 또한 지극히 멀고 험난할 수밖에 없다. 그렇다면 황미라 시인이 긴 공백을 깨고 다시 새로운 시집을 들고 우리 곁으로 가까이 다가오는 것은 기쁜 일이기도 하지만, 한편으로는 끊임없이 새로운 길을 모색해야 하는 詩業의 생리상 다시 고뇌의 길을 자초하는 안쓰러움으로 다가오기도 한다. 물론 그것은 스스로 선택한 길이므로 아름다운

---

3) 스퐁나무: 캄보디아 앙코르 타프롬사원에 있는 무화과나무의 일종으로 나무열매를 먹은 새가 사원의 상층부에 배설을 하면 거기서 싹이 터 뿌리를 뻗게 되는데, 그 뿌리가 벽을 타고 내려오며 사원을 휘감아 서서히 무너뜨리고 있다.(原註)

고뇌임에 틀림없을 것이다. 그래서 우리는 벌써 그 아름
다운 고뇌의 빛깔이 어떻게 형상화되어 드러날지 그 귀추
가 무척 궁금해진다.